D1383465

Madame
AUTORITAIRE

Collection MADAME

Mr. Men and **Little Miss**

Madame
AUTORITAIRE

Roger Hargreaves

HACHETTE
Jeunesse

Le lundi, madame Autoritaire rencontra monsieur Curieux.

– Où allez-vous ? demanda monsieur Curieux.

Madame Autoritaire répondit d'un ton sec :

– Occupez-vous de ce qui vous regarde !

Le mardi, madame Autoritaire rencontra monsieur Bruit.

Il chantait.
A tue-tête, évidemment.

– Taisez-vous ! s'écria madame Autoritaire.

Le mercredi,
madame Autoritaire rencontra monsieur Heureux.

Il souriait.
Comme d'habitude.

– Arrêtez de sourire comme un idiot!
grogna madame Autoritaire.

Comme tu l'as déjà compris,
madame Autoritaire n'est pas très aimable.
C'est le moins qu'on puisse dire...

Or, madame Autoritaire ne savait pas
que quelqu'un l'observait.

Ce quelqu'un l'avait vue rabrouer monsieur Curieux.
Ce même quelqu'un l'avait vue rabrouer monsieur Bruit.
Et toujours ce même quelqu'un l'avait vue rabrouer
monsieur Heureux.

Ce quelqu'un-là était un magicien.

En rentrant chez lui,
le magicien se dirigea vers sa bibliothèque.

Il prit un gros livre rouge sur une étagère.

Le livre était couvert de poussière,
car il y avait longtemps que personne ne l'avait lu.

– Voyons voir... murmura le magicien.

Il ouvrit le livre à la page trois cent dix-sept.
En haut de la page étaient écrits ces mots :

> *Traitement recommandé*
> *pour les personnes autoritaires*

Le magicien lut soigneusement toute la page,
referma le livre, le rangea sur l'étagère et sourit.

– Ce n'est pas bien sorcier, dit-il.

Le lendemain, c'est-à-dire le jeudi,
madame Autoritaire rencontra une personne qui dormait.

Comme d'habitude.
C'était monsieur Endormi.

– Réveillez-vous ! ordonna-t-elle en lui pressant le nombril.

– Aïe ! fit monsieur Endormi.

Mais... derrière madame Autoritaire,
le magicien murmurait dans sa moustache.

Il murmurait des paroles magiques.
Des paroles qu'il avait lues
à la page trois cent dix-sept de son grand livre rouge.

Et tu sais ce qui est arrivé ?

Soudain, comme par magie, et même vraiment par magie,
deux chaussures apparurent aux pieds de madame Autoritaire

Madame Autoritaire regarda ses pieds avec terreur.
Une minute avant, ces chaussures n'étaient pas là.
Et à présent, elles étaient là.

Comme toutes les chaussures magiques,
elles étaient douées de la parole.

– Bonjour, Gauche, dit la chaussure droite.

– Bonjour, Droite, dit la chaussure gauche.

– Tu es prête ? demanda la chaussure droite.

– On y va, répondit la chaussure gauche.

Et elles se mirent en marche.
Gauche. Droite. Gauche. Droite. Gauche. Droite.

De plus en plus vite.

Les chaussures entraînaient madame Autoritaire avec elles. Elles la faisaient marcher!

Et madame Autoritaire n'y pouvait rien.

Monsieur Endormi pouffa de rire.

– Bien joué, magicien! s'exclama-t-il.

Les chaussures firent marcher madame Autoritaire
pendant une heure.
A toute vitesse.

Madame Autoritaire était très fatiguée.

– On s'arrête ? demanda la chaussure droite.

– D'accord, répondit la chaussure gauche.

– Atten...

– ... sssion !

Et les chaussures s'arrêtèrent brusquement.

Madame Autoritaire était essoufflée.
Elle essaya d'enlever ses chaussures.

Impossible !

Le magicien était justement là.

– Faites disparaître ces horribles chaussures tout de suite!
hurla madame Autoritaire en tapant du pied.

Ou du moins, elle voulut taper du pied,
et les chaussures l'en empêchèrent.

– Vous obéissez, oui ou non? Je veux qu'on m'obéisse!
rugit madame Autoritaire.

– Tu es prête ? demanda la chaussure droite.

– Je suis prête, répondit la chaussure gauche.

– Alors, allons-y !

Et les chaussures se remirent en marche.
Gauche.
Droite.
Gauche.
Droite.
Gauche.
Droite.
Elles firent vingt kilomètres.
Puis elles s'arrêtèrent.

Madame Autoritaire était complètement épuisée.

Le magicien était justement là.

– Faites disparaître ces satanées chaussures !
hurla madame Autoritaire.

– Je le ferai si vous prononcez les mots magiques,
répondit le magicien.

Madame Autoritaire réfléchit.

Elle réfléchit longtemps, puis elle bredouilla :

– S'il vous plaît.

Le magicien sourit
et murmura dans sa barbe les paroles magiques
qu'il avait lues à la page trois cent dix-sept
de son grand livre rouge.

Les chaussures disparurent aussitôt, comme par magie!

– Désormais, déclara le magicien,
j'espère que vous serez un peu plus aimable.
Sinon, gare à vous!

Madame Autoritaire baissa la tête piteusement.

– Très bien, dit le magicien.

Et il s'en alla.

Depuis ce jour-là,
madame Autoritaire est complètement transformée.

Elle est devenue une charmante personne.
Elle s'est fait des amis,
et elle trouve que c'est bien agréable.
Mais il y a quelque chose de bizarre.

Elle s'est mise à avoir peur des chaussures.

Peut-être que tu sais pourquoi?

RÉUNIS VITE LA COLLECTION ENTIÈRE DE **MONSIEUR MADAME...**

... UNE FRISE-SURPRISE APPARAÎTRA !

Traduction - Adaptation : Jeanne Bouniort
Dépôt légal n° 66120 - décembre 2005
22.33.4833.03/4 - ISBN : 2.01.224833.0
Loi n° 49-956 du 16 juillet 1949 sur les publications destinées à la jeunesse.
Imprimé et relié en France par I.M.E.